El yerno ideal

JEAN-PIERRE MARTINEZ

El yerno ideal

La Comédiathèque
comediatheque.net

PERSONAJES
Valentina

Luis

Manuel

Paloma

© La Comédiathèque
ISBN 978-2-37705-896-9

Un salón desordenado. En una cuna, un bebé está llorando. Sobre la cuna, un juguete musical emite una de esas conocidas melodías que se supone que hacen dormir a los bebés, mientras proyecta reflejos caleidoscópicos en la pared del fondo. Una joven, Valentina, llega y toma al bebé en sus brazos para calmarlo.

Valentina – Vamos, ya es hora de dormir… ¿Por qué lloras así? ¡No tienes motivo para llorar! Yo sí, yo tendría buenas razones para llorar, pero ¿tú? ¿Qué razones podrías tener para llorar así? Tienes el estómago lleno, las nalgas limpias. Pasas tus días mirando imágenes psicodélicas en el techo mientras escuchas música para drogadictos. ¿Qué es lo que quieres ahora ? ¿Tu peluche? Ya te lo expliqué: a mamá se le olvidó ayer tu osito en el techo del Twingo de la abuela, salió volando por la carretera y lo atropelló un camión grande. Logramos encontrar una pierna, pero el resto debe haber sido aplastado bajo las ruedas. ¿Quieres que te dé la pierna de todos modos?

Todavía con el bebé en brazos, Valentina busca la pierna del animal de peluche y se la da.

Valentina – Toma, pero te advierto, no es agradable de mirar… Está llena de grasa y huele a diesel…

El bebé deja de llorar.

Valentina – ¡Aleluya! Si finalmente pudiera tener un poco de paz...

Ella vuelve a poner al bebé en la cuna con cuidado.

Valentina – Los vapores de gasolina parecen calmarlo…

El sonido estridente del teléfono revive de repente el llanto del niño.

Valentina – Vaya, me estaba haciendo ilusiones, ¡menuda pesadilla!

Ella contesta, de mal humor.

Valentina *(exasperada)* – Sí mamá… Sí, sé que vienes más temprano, ya me llamaste tres veces para decirme… Pero claro que estoy aquí, ¿dónde quieres que esté? ¿Tomando el sol en una playa de Las Canarias?... Una sorpresa… No me gustan mucho las sorpresas, pero bueno… Sí, sí, estoy deseando saber de qué se trata, claro… Vale, hasta luego mami… Yo también, un abrazo … ¡Ay, mamá! Sobre todo, ¡no toques el timbre cuando llegues! En caso de que logré ponerlo a dormir para entonces... Bueno, toca suavemente, ¡te escucharé! En un apartamento de dos habitaciones, ya sabes, es probable que nunca te alejes demasiado de la puerta. De acuerdo, hasta luego…

Valentina cuelga. El bebé sigue llorando. Ella lo toma en sus brazos.

Valentina – ¿Qué quieres? ¿Que te ponga un poco de diesel en tu peluche? Lo siento, no tengo más! Puede que funcione con White Spirit, pero tendrás que prometerme que no fumarás en la cama, como tenía la mala costumbre de hacer tu padre... Y sobre todo, no me preguntes adónde fue tu padre, ¿de acuerdo? Mamá también, perdió su peluche. Y ni siquiera pudo recuperar una pierna... ¿Quieres que te cante una canción? No estoy segura de conocer muchas... No me acuerdo de ninguna letra... Pero si quieres, puedo ponerte una canción que le gustaba mucho a tu papá. Se llama *Smoke on the Water*. En español, «fumar sentado en el váter»...

Valentina empieza a imitar con la boca los legendarios primeros compases de Smoke on the Water *de Deep Purple. Sin duda estupefacto por esta actuación inesperada, el bebé se calma de inmediato.*

Valentina – ¡Esto es una locura! Parece que prefiere Deep Purple a sus canciones de cuna...

El fuerte timbre suena, reavivando el llanto del niño. Valentina permanece desconcertada por un momento, antes de dirigirse a la puerta, exasperada.

Valentina – Los voy a estrangular…

Valentina abre la puerta y parece muy sorprendida de ver a un joven en el umbral con traje, camisa blanca y corbata.

Luis – ¿Es que no me reconoces…?

Valentina - ¿Luis?

El llanto del bebé se detiene.

Luis – Es muy importante. Tengo que hablar contigo.

Valentina – No hay nada de que hablar. ¡Te separaste, no quiero verte más!

Ella trata de cerrar la puerta, pero él la detiene.

Luis – Entiendo tu reacción, Valentina… Pero tienes que escucharme. Te lo ruego, déjame entrar cinco minutos...

Valentina – Aparecer así sin previo aviso... ¡después de un año! ¿Que esperabas?

Luis – Si te hubiera avisado, ni siquiera hubieras abierto la puerta…

Valentina – ¡Lárgate de aquí, te lo advierto! Para mí, estás muerto, ¿entiendes?

Luis – Muy bien, no quiero abrir la puerta por la fuerza. Pero si te niegas a dejarme entrar, me sentaré en tu felpudo y no me moveré de aquí. Hasta que me escuches lo que tengo que decirte...

Valentina duda, visiblemente abrumada por la situación.

Valentina – Está bien, pero primero dame treinta segundos. Mi casa parece un baza. Y luego te vas, ¿de acuerdo?

Luis – Está bien.

Valentina cierra la puerta.

Valentina – Mierda, no puede ser verdad…

Valentina hace desaparecer de la habitación todo lo que pueda delatar la presencia de un bebé: ropa, pañales, juguetes... Luego se inclina sobre la cuna.

Valentina – Si te callas, mamá te comprará otro osito con cabeza y brazos, ¿de acuerdo?

Lleva la cuna a la habitación contigua, vuelve, se arregla la ropa y va a abrir de nuevo la puerta.

Luis – Gracias, Valentina…

Valentina – Dijimos cinco minutos. *(Mira su reloj)* En cinco minutos te vas, te lo advierto.

Luis – Está bien.

Luis entra en la habitación, mira a su alrededor y luego mira a Valentina.

Luis – No has cambiado…

Valentina – No se puede decir lo mismo de ti… La última vez que te vi tenías el pelo largo, barba, chaqueta de cuero y botas vaqueras…

Luis – Dicen que la ropa no hace al monje, pero no siempre es así. He cambiado, te lo aseguro...

Valentina – ¿Qué quieres, Luis?

Luis – Entiendo que estés enojada conmigo…

Valentina – ¿Yo? Pero, ¿por qué te puedo reprochar? Hace exactamente un año, en ese momento, estábamos a una semana de nuestra boda, ¿te acuerdas de eso, verdad? Se habían enviado las invitaciones. La lista de comensales ya estaba hecha.

Luis – Lo sé...

Valentina – ¿Lo sabes…? De todos modos, eso no impidió que desaparecieras de la noche a la mañana sin una palabra de explicación...

Luis – Estás exagerando… Creo que te dejé una nota… Dime que la recibiste.

Valentina – Ah, sí, lo siento… La notita en la nevera… Bueno, por cierto, la guardé como recuerdo. *(Abre un cajón y saca una notita que lee.)* «Eres demasiado buena para mí. No te merezco. Olvídame.» Tres frases y otras tantas faltas de ortografía. *(Ella le lanza una mirada asesina.)* ¿Se supone que eso es suficiente para que doce meses después te reciba con los brazos abiertos?

Él agacha la cabeza.

Luis – Te lo puedo explicar…

Valentina – Al final, no lograste encontrar a una chica peor que yo, ¿es esto? Después de un año de búsqueda, no me deja en buen lugar, pero vale.

Luis – No te lo dije todo, Valentina.

Valentina – Espera, creo imaginarlo… Fuiste abducido por extraterrestres. Te llevaron a su planeta para hacer experimentos científicos contigo, y acaban de te liberarte, ¿verdad?

Luis – Pues tienes que saber que no es muy diferente a lo que pasó en realidad.

Valentina – ¿Es una broma?

Luis – Me arrestaron después de robar una tienda de comestibles… He estado un año en chirona…

Después de un momento de asombro, Valentina aplaude con cierto sarcasmo.

Valentina – Entonces, felicitaciones al artista… Estoy asombrada…

Luis – Sospechaba que no me creerías…

Valentina – ¡No me digas!

Luis se levanta la manga de la camisa para mostrar lo que se supone que parece un brazalete electrónico.

Luis – Estoy en libertad condicional. Tengo que llevar una pulsera electrónica. Por unos días más...

Valentina, impresionada, pasa de la ironía a la sorpresa.

Valentina *(con recelo)* – ¿No se suele llevar en el tobillo? Vi eso en la televisión.

Luis – En las series americanas, tal vez… En España, te lo ponen en la muñeca. Por eso se llama pulsera...

Valentina – Pero, ¿qué te pasó por la cabeza para robar un supermercado?

Luis – Necesitaba dinero… En concreto, para pagar nuestra boda…

Valentina – ¿Así que ese es el precio que pusiste a nuestro amor? El contenido de la caja registradora de un supermercado. ¿Lidll? ¿Alcampo?

Luis – Era más bien una tienda de comestibles árabe, de hecho…

Valentina – Pues si eso lo tuviste que pagar con la cárcel, ¡al menos podrías haber robado un banco! Claro, tú nunca tuviste ninguna ambición, Luis. Eres solo un perdedor. Al final, tenías razón: soy demasiado buena para ti...

Luis – Era la tienda de comestibles justo debajo de mi casa… El tipo me reconoció y llamó a la policía. Solo me dio tiempo a pasar por tu casa para dejarte ese mensaje. Antes de que viniera la policía y me arrestaran...

Valentina – ¿Y por qué no me lo dijiste?

Luis – ¡Quería evitar una explicación embarazosa a tus padres!

Valentina – Fue realmente muy delicado de tu parte.

Luis – Con tu padre, sobre todo. Como es policía… ¿Te imaginas la vergüenza para él si tuviera que decirles a sus compañeros que este matrimonio no se podía llevar a cabo porque su futuro yerno estaba en la cárcel? Ya no le caía muy bien… Nunca confió en mí, tu padre…

Valentina – Nos preguntábamos por qué, de hecho…

Luis – Pero durante este año tras las rejas, he tenido tiempo de reflexionar, Valentina, créeme. Y hay una cosa que he comprendido: el futuro es un plato que se sirve frío.

Queda estupefacta por la profundidad de este aforismo.

Valentina – ¿Y te tomó un año comprender eso?

Luis – A partir de ahora, no más jilipolleces, lo juro. Sobre las cabezas de nuestros futuros hijos…

Valentina – ¿Ya terminaste con el rollo?

Luis muestra su nuevo atuendo ejecutivo.

Luis – Tienes un nuevo Luis frente a ti, Valentina.

Valentina – Ya veo… Cuando abrí la puerta pensé que eran los Testigos de Jehová.

Luis – No me digas que preferías al otro Luis.

Valentina – Dame tiempo para acostumbrarme a…

Luis – ¡Incluso encontré un trabajo de verdad!

Valentina – ¿Y en qué trabajas exactamente? ¿En funerarias?

Luis – Trabajo… en la industria alimentaria.

Luis coge las manos de Valentina.

Luis – Confía en mí, Valentina. He madurado, ya sabes. Quiero sentar cabeza. Para compartir todo con alguien...

Valentina – ¡No tienes nada! ¿Qué es lo que deseas compartir? ¡Incluso para comprar nuestros anillos de boda, tuviste que robar a un tendero árabe!

Luis – Quiero decir… Compartir mi vida con alguien. Contigo, si tú quieres...

Valentina – Justo… Hasta que la muerte nos separe… Todavía sabes hablar con las mujeres igual de bien.

Luis – ¿Puedo abrazarte?

Ella de repente se aleja.

Valentina – Está bien, se acabaron los cinco minutos, Luis. Mantuve mi palabra. Te escuché. Ahora te toca a ti mantener la tuya. Te largas.

Luis – Traté de escribirte desde mi calabozo, lo juro. Pero te habías mudado sin dejar una dirección. Las cartas me las devolvían. Y dada la situación, no me atrevía a preguntarle a tus padres...

Valentina – En eso, al menos, creo que hiciste bien.

Luis – Después de lo que pasó, no tenía coraje para venir a llamar a tu puerta, ¿sabes?

Valentina – En resumen, eres un verdadero héroe…

Luis – Dame otra oportunidad, Valentina.

Valentina – No tengo tiempo, Luis.

Luis – Entiendo que no puedes perdonarme de inmediato. Necesitas un poco de tiempo. Esperaré. Tanto como sea necesario. Ya tengo mucho tiempo...

Valentina – ¡Sí, bueno, yo no! No, ¿pero no entiendes lo que te digo? ¡No tengo tiempo! ¡Estoy esperando a alguien, aquí!

Luis – Tienes a alguien en tu vida, ¿verdad?

Valentina – Así es. No tardará en llegar. Y me gustaría evitar que se cruce contigo, ¿comprendes?

Luis – Entiendo… Has rehecho tu vida… No me ibas a esperar durante meses… Me olvidaste, y ahí vas…

Valentina toma el pósit y se lo muestra.

Valentina – Eso es lo que querías, ¿verdad? Mira, ahí está marcado: ¡olvídame! Bueno, eso es lo que hice. Ya no formas parte de mi vida, Luis…

Luis – En ese caso, me voy… No volverás a saber de mí, Valentina… A menos que cambies de opinión, claro… Igual te voy a dejar mi número de móvil, por si acaso… *(Saca un lápiz)* ¿Tienes una hoja de papel?

Ella le entrega el viejo pósit.

Valentina – Toma, solo tienes que agregar eso en el pósit… Y luego te vas, ¿de acuerdo?

Garabatea en el pósit. Alguien está llamando a la puerta.

Valentina – ¡Maldita sea!

Luis – ¿Es él? No te preocupes, no quiero avergonzarte. Se lo explicaré. Estoy seguro de que lo entenderá.

Valentina – ¡Son mis padres!

Luis *(preocupado)* – ¿Tus padres? Quieres decir... tu madre y tu padre.

Valentina – Sí, eso es lo que normalmente quiero decir con mis padres.

Luis *(recobrando la esperanza)* – Entonces eran ellos a los que estabas esperando… En realidad, sigues soltera, ¿verdad?

Valentina entra completamente en pánico.

Valentina – No deben verte aquí de ninguna manera, ¿entiendes?

Luis – Es cierto que ellos también tienen algunas razones para estar enojados conmigo, pero bueno… encontraré algo que decirles y seguro que lo entenderán.

Valentina – Eso me sorprendería, Luis.

Luis – Bueno, no les comentaré mi estancia en prisión, si podemos evitarlo. Sobre todo delante de tu padre policía... Pero intentaré inventar otra cosa. ¿Confías en mí?

Valentina – Sí, pero no, realmente no es posible, te lo aseguro.

Luis – Pero ¿por qué?

Valentina – Pues… porque les va a impactar…

Luis – Admito que tu padre siempre me asustó un poco… Pero tu madre, yo le gustaba bastante, ¿no? Se lo explicaré todo...

Valentina – ¡Te digo que no, carajo!

El timbre suena.

Luis – Pero, ¿por qué?

Valentina – ¡Porque les dije que estabas muerto, eso es todo!

Luis queda impactado. El timbre vuelve a sonar.

Luis – ¡Tú no hiciste eso!

Valentina – En aquel momento es lo que me pareció más sencillo para evitar explicaciones humillantes para mí, no sé qué quieres que te diga. Y te recuerdo que dijiste que te olvidara para siempre. No imaginaba que regresarías...

Luis – Tu padre me va a matar…

Valentina – Bueno, al menos así estarás realmente muerto.

Luis – Entonces, ¿qué hacemos?

Valentina – Es demasiado tarde para salir. No hay salida de emergencia. El piso tiene dos habitaciones. Y mis padres son un poco entrometidos.

Luis – ¿Los armarios? Ahí es donde escondemos los amantes y los cadáveres, normalmente...

Valentina – Esto no es un vodevil, Luis... Y luego los armarios, ese es el primer lugar al que acude mi madre cuando llega a examinar mi guardarropa.

Luis – Debajo de la cama no, en cualquier caso. Soy alérgico. El más mínimo polvo me hace estornudar.

Otro toque insistente en la puerta.

Valentina – Tengo que abrir la puerta, de lo contrario, mi padre la derribará. Por ahora, ve al dormitorio. Hasta que encuentre algo convincente para decirles que explique tu resurrección...

Luis – Mi resurrección... Espero que estés inspirada... Porque para explicar tal cosa, vas a tener que volver a escribir la Biblia...

Valentina señala a Luis en dirección al dormitorio.

Valentina – Cállate y no salgas de ahí hasta que yo vaya a buscarte, ¿de acuerdo?

Luis – Está bien.

Luis desaparece en el dormitorio. Inmediatamente escuchamos que el bebé empieza a llorar de nuevo.

Valentina – Mierda... lo olvidé...

Nuevo tono de llamada. Valentina se apresura a abrir la puerta. Entran sus padres: Manuel, con aspecto de policía de paisano, y Paloma, una hippie a la antigua. Manuel, que sostiene un paquete de regalo en la mano, mira con desconfianza la escena.

Manuel – Empezamos a preguntarnos si te había pasado algo. Estuve a punto de derribar la puerta...

Valentina – ¿Qué quieres que me pase?

Paloma besa a su hija.

Paloma – ¡Hola, mi amor! ¿Cómo estas ? Pareces un poco cansada...

Valentina – No, no, estoy bien… Bueno…

Valentina también besa a su padre. Entonces ella se da cuenta del paquete.

Valentina – ¿Qué es eso? Todavía no es Navidad... Ni mi cumpleaños.

Manuel – Es la sorpresa que te contó tu madre...

Paloma – Nunca adivinarás lo que hay en este paquete. Créeme, te sorprenderá.

Valentina – Ah, ¿sí…? Definitivamente es el día...

Paloma – ¡Pues adelante, dáselo!

Manuel le entrega el paquete a su hija.

Manuel – Aquí, mi amor.

Valentina comienza a abrir el paquete.

Valentina – No es un paquete bomba, ¿verdad?…

Saca del paquete un osito de peluche bastante informe al que le falta un brazo.

Valentina – ¿Qué es eso?

Paloma – ¡Pero si es Toto!

Valentina – ¿Toto?

Paloma – Afortunadamente, me dio por tomar el número de registro del camión. Tu padre pidió a sus compañeros que lanzaran un cartel de se busca, y ayer ¡bingo!

Manuel – Interceptamos el vehículo sospechoso en la carretera justo antes de Marsella. El oso estaba incrustado en el radiador del camión.

Paloma – No te lo dije antes para no darte falsas esperanzas…

Manuel – Obviamente, sufrió un poco, pero bueno… ¿Conservas la extremidad rota, al menos?

Valentina – Por supuesto.

Paloma – Si lo guardaste en hielo, podremos coserlo. Estoy bromeando…

Valentina – Ah, sí, será feliz…

Entonces escuchamos al bebé llorar de nuevo.

Paloma – ¿Quieres que vaya a buscarlo? De esa manera podemos dárselo de inmediato.

Valentina intercepta a su madre.

Valentina – No, espera, primero tengo que explicarte algo.

Paloma – Pero no lo vamos a dejar llorar así.

Manuel *(a su esposa)* – Además, si corres a cogerlo en tus brazos en cuanto empiece a gemir un poco… Lo vas a hacer un debilucho…

Paloma – Sí, claro, vale. ¿No me hacías levantar veinte veces por noche cuando Valentina era un bebé? ¡Decías que no debería dejarla llorar!

Manuel – Era una niña, no es lo mismo…

Paloma – Sí… Era tu hija, sobre todo… Vamos, voy a por él…

Valentina interviene de nuevo.

Valentina – Realmente tengo que decirte algo primero.

Paloma – ¿Qué?

Valentina – No estoy sola…

Paloma – ¡Claro, cariño, no estás sola! ¡Siempre estaremos aquí para ti! ¿Eh, Manuel?

Manuel – No creo que eso sea exactamente lo que quiso decir.

Paloma – ¡Ay, Dios mío! ¡Algo le pasó! El médico está aquí... No serán del SAMUR, ¿verdad?...

Valentina – No te preocupes, todo está bien, pero… Hay un hombre en la habitación.

Los padres se sorprenden por un momento.

Paloma – ¿Un hombre? ¡Pero eso es maravilloso, cariño! ¡Sabíamos que no ibas a pasar el resto de tu vida sola! No estamos en Afganistán, ¿eh Manuel?... ¡No vas a vestirte de negro y llorar a tu esposo hasta el final de tus días!

Manuel – Sobre todo porque aún no se habían casado…

Valentina – Es un poco más complicado que eso, mamá…

Paloma – Dos meses después de dar a luz, bueno, no perdiste el tiempo, pero bueno… seguro que es buena persona.

Manuel – Si ya se encarga de limpiar niños que no son suyos, será un chico muy majo… Seguro que no es tía al menos…

Paloma – Manuel, por favor. Guárdate las bromas de la guardia para tus compañeros del cuartel...

Manuel – No era una broma…

Paloma – Le dices que venga, nos lo presentas y listo.

Manuel – ¿Pero quién es? ¿Cómo lo conociste?

Paloma – Si lo sacas de su escondite, pues mejor. Él mismo nos lo dirá.

Valentina – Es el hermano de Luis.

Paloma – ¿El hermano de Luis?

Manuel – Entonces no es una tía, es un tío…

Paloma – ¡No sabía que Luis tenía un hermano!

Valentina – Además, es su hermano gemelo.

Manuel – ¡Tu nuevo novio es el hermano gemelo de Luis!

Paloma – Ella no dijo que era su novio, somos nosotros quienes… No es tu novio, ¿verdad?

Valentina – Claro que no. Acaba de llegar a París esta mañana... Pero él mismo te lo explicará.

Valentina abrirá la puerta del dormitorio.

Valentina – Luigi, ¿puedes venir?

Paloma – ¿Se llama Luigi?

Luis vuelve a la habitación.

Valentina – Este es Luigi, el hermano gemelo de Luis. Acaba de llegar de Roma esta mañana...

Luis asoma la cabeza, algo desconcertado.

Luis – Buon giorno...

Los padres están en estado de choque.

Valentina – Es italiano, pero habla perfectamente nuestro idioma, ¿verdad Luigi?

Luis – Hice todos mis estudios en Madrid.

Paloma camina hacia él y lo toma en sus brazos.

Paloma – Nuestro más sentido pésame, Luigi. Sé lo que es perder a un hermano.

Manuel – ¿Tu hermano está muerto?

Paloma – No, pero puedo imaginar el dolor que sentiría si eso sucediera.

Manuel – No tienes acento. ¿De donde eres exactamente?

Paloma – Eso lo verás después, te pedirá los papeles… Mi marido es policía.

Valentina – Es un poco complicado, la verdad… Luigi es español, pero nació en Roma.

Paloma – Pero Luis nació en Madrid, ¿verdad?

Valentina – Sí, sí…

Manuel – Es un poco raro, para ser gemelos, ¿no crees?

Valentina – Entiendo tu asombro.

Luis – Sí, la gente siempre se sorprende cuando digo eso.

Manuel- ¿Y qué?

Valentina – Luigi te lo explicará.

Luis – No, no, adelante, por favor. Hablas mejor que yo...

Valentina – Es tu historia, de todos modos. Y la de tu familia...

Luis – Una historia bastante dolorosa... Por eso no me gusta mucho hablar de eso, pero bueno...

Paloma – No tienes que hacerlo, ya sabes…

Manuel – Ah, en fin… Puede que estemos en el espacio Schengen, pero me gustaría saber cómo pueden nacer gemelos en dos capitales europeas a dos mil kilómetros de distancia.

Luis – Bueno… Es muy simple, de hecho… Mi hermano y yo nacimos en un avión, durante un vuelo Roma-Madrid.

Manuel – No me digas…

Luis –Y…

Valentina – Luigi nació en el despegue y Luis en el aterrizaje.

Paloma – Ah, vale… ¡Así que eres el mayor!

Luis – Y por eso soy italiano…

Valentina – Y Luis Español. Bueno, lo era...

Manuel – Ya veo…

Paloma – Pero nunca nos dijiste que Luis tenía un hermano.

Valentina – Pero… es que Luis tampoco lo sabía. ¡Ni siquiera conocía a sus padres! Es por eso que nunca me los presentó, ¿verdad?

Manuel – No será una broma… Cuéntamelo…

Valentina – Bueno… Es una historia terrible… y difícilmente creíble.

Manuel – Me lo imagino…

Valentina – El padre de Luis era muy pobre en ese momento.

Luis – Por eso decidió emigrar a España con su mujer para intentar encontrar trabajo como albañil...

Manuel – ¿En avión…?

Valentina – Era una compañia de *low cost*, obviamente.

Manuel – Por supuesto…

Valentina – De todos modos, como te dije antes, su esposa dio a luz a Luigi poco después de despegar de Roma. Fue atendida por las azafatas y todo salió bien.

Luis – Y, sin embargo, no fue un parto fácil. Nací sobre el asiento...

Paloma – Y me imagino que no era un asiento de primera clase.

Valentina – Pero...

Manuel – Pero hubo un segundo polichinela en las tripas...

Valentina – ¡Exacto! Al aterrizar, la madre de Luigi quiso ir al baño, y ahí fue donde dio a luz a Luis.

Paloma – ¿No?

Valentina – Como sus padres no tenían ni un centavo, decidieron quedarse con uno solo de los dos hijos.

Luis – Yo…

Paloma – Es una historia terrible...

Luis – Ah, te lo advertí.

Manuel – Sí, tengo lágrimas en los ojos...

Valentina – Fue el propio piloto quien descubrió al bebé en los baños del avión...

Luis – Cuando quiso limpiarlos antes de partir de nuevo hacia Roma.

Manuel – El piloto…

Luis – Ya sabes cómo funcionan las cosas con las compañías aéreas de *low cost*. Todos tienen que colaborar...

Paloma – ¿Y entonces?

Valentina – El bebé pasó de mano en mano... Fue criado así durante unos años por las azafatas.

Luis – Mujeres valientes que le daban de comer con las bandejas de restos de comida...

Valentina – Y luego, cuando tuvo la edad suficiente para ir a la escuela…

L u i s – Tuvieron que encargarse los Servicios Sociales.

Valentina – Puedes imaginar la angustia para ellas.

L u i s – Evidentemente, habían tenido tiempo de encariñarse con él...

Valentina – En definitiva, hace unos años, Luis hizo gestiones con los Servicios Sociales para intentar averiguar quiénes eran sus padres…

Luis – Y fue a los pocos días de encontrar finalmente las huellas de su familia que murió a causa de las consecuencias de esa larga enfermedad...

Valentina – Querrás decir de ese ahogamiento.

Luis – Ah, ¿se ahogó?

Valentina – Sí, bueno esa es otra historia…

Paloma – Es una locura.

Manuel – Sí... Completamente, uf...

Paloma – Lo más increíble es que se parezcan tanto, ¿no?

Manuel – Sí, parecen…

Paloma – Gemelos.

Manuel – Le falta la barba y el pelo largo...

Paloma – Si cambiamos el traje de corbata por unos vaqueros viejos y una chaqueta negra…

Manuel – Y esos ojos chispeantes inteligentes por una sonrisa tonta…

Paloma – Bueno, es cierto que si miramos más de cerca…

Manuel – ¿Qué?

Paloma – Luis era un poco más pequeño, ¿verdad? Bueno, quiero decir, un poco menos grande…

Valentina – Cuando te alimentan desde temprana edad con bandejas de comida de una empresa de *low cost*, por supuesto… No promueve el crecimiento…

Manuel – ¿Y qué hace este joven en la vida?

Valentina – Luigi… tiene un puesto de alta responsabilidad en la industria alimentaria.

Paloma – Oh, sí…

Manuel – Todavía es más tranquilizador que un batería en una desconocida banda de rock, eso es seguro...

Paloma – Manuel, por favor…

Valentina – Siempre supe lo que pensabas de Luis, papá, no te preocupes.

Paloma – Ya nos lo repetías: ser músico, es de perdedores. Pero cuando eres parte de un grupo, también puedes ser el cantante.

Valentina – En resumen, ser el líder de la tropa…

Manuel – El batería siempre es el más tonto de la banda, lo sabe todo el mundo...

Luis *(molesto)* – El grupo de Luis no iba tan mal, según me dijeron…

Paloma – ¿Cómo se llamaba? No lo recuerdo.

Luis – Los Rebeldes…

Manuel – Así es… Los Rebeldes… Un nombre estúpido… Con rebeldes así, los policías pueden dormir tranquilos, creedme… Cogen el metro sin billete y se creen que son guerrilleros…

Luis – Todavía tenían planeada una gira, creo.

Manuel – ¡Una gira! Una gira por los bares, tal vez…

Luis – Quién sabe… Si el batería no hubiera muerto prematuramente, podrían haber logrado abrirse paso…

Paloma – Mi marido no entiende de música moderna, Luigi. Yo quería mucho a tu hermano. Y su fallecimiento me entristeció mucho…

Volvemos a escuchar el llanto del bebé.

Luis – ¿Y quién es este bebé? ¿Cuidas niños, Valentina?

Manuel – ¿El bebé?

Paloma – ¡Pero si es tu sobrino, Luigi!

Manuel – Sí, viejo, ya eres tío…

Luis – ¿Mi sobrino?

Paloma – ¡Sí, el hijo de Luis!

Manuel – ¿Él no lo sabe?

Valentina – Acaba de llegar… Aún no he tenido tiempo de anunciarle este feliz acontecimiento…

Paloma – Mira que es triste pensar que este niño nunca conocerá a su padre…

Luis – ¿Y por qué?

Valentina – ¡Pues porque está muerto!

Luis – Ah, sí, es verdad… ¿Pero cómo murió exactamente?

Paloma – ¿Valentina tampoco te dijo eso?

Valentina – Él acaba de llegar, ya os lo dije…

Paloma – Sé que es un pequeño consuelo, Luigi, pero debes saber que tu hermano murió como un héroe.

Luis – ¿Ah sí?

Valentina – Tal vez no valga la pena entrar en detalles… Todo está muy reciente para Luigi. Podría ser un poco demasiado, todo a la vez, ¿verdad?

Luis – En el punto donde estamos…

Paloma – Luis sucumbió mientras salvaba a una madre y a sus dos hijos de ahogarse.

Luis – No me digas…

Paloma – Consiguió llevar a los tres de vuelta al borde de la orilla, pero exhausto por su hazaña, él también fue arrastrado por las corrientes…

Luis – Así que Luis se convirtió en héroe…

Manuel – Y además, un héroe muy discreto.

Paloma – Antes de desaparecer en las olas, tuvo tiempo de gritar a la familia que había salvado que no quería que su sacrificio fuera divulgado por los medios…

Manuel – Por eso la prensa nunca habló de eso.

Paloma – De lo contrario, seguro que le hubiésemos concedido una medalla…

Manuel – Seguramente…

Luis – Tengo lágrimas en los ojos… Valentina, debe ser un consuelo para ti saber que llevaste la descendencia de este ser excepcional durante nueve meses. Y que siempre te recordará con su presencia el amor que tenías por Luis.

Paloma – Mi hija incluso escribió al Ministro pidiendo permiso para casarse póstumamente con Luis, pero aún no ha recibido respuesta...

Luis – ¿Ah, sí...?

Manuel – Hicimos una pequeña colecta para la corona.

Paloma – Pero ni siquiera hubo funeral, ya que no se encontró el cuerpo...

Manuel – Y como no conocíamos a su familia...

Paloma – Sólo una pequeña ceremonia entre nosotros, en la más estricta intimidad... Fue muy conmovedor...

Luis – Ya me imagino...

Paloma – Y pensar que tú tampoco conocerás nunca a tu hermano...

Suspiros.

Manuel – Finalmente, este niño ha perdido a un padre, pero ha encontrado a un tío.

Paloma – Un tío que milagrosamente se parece a su padre como dos gotas de agua.

Silencio.

Valentina – ¿Queréis tomar algo?

Volvemos a escuchar el llanto del bebé.

Paloma – Creo que primero se le debería dar algo de beber...

Manuel – ¿No hay a bordo una azafata para amamantarlo?

Valentina – Voy a verlo...

Ella sale.

Paloma – Te acompaño…

Paloma sale con ella. Silencio bochornoso.

Manuel – Vaya historia...

Luis – Sí...

Nuevo silencio.

Manuel – Dime, mi pequeño...

Luis – Luigi.

Manuel – Luigi, así es. Dime mi pequeño Luigi, me da pudor un poco hablar de esto contigo, especialmente en un momento como este, pero...

Luis – Pero por favor, ahora somos casi familia, ¿no?

Manuel – Muy bien... Entonces, le había adelantado a tu hermano el dinero necesario para pagar su matrimonio con mi hija.

Luis – ¿Ah, sí…?

Manuel – Como no tenía ni un centavo...

Luis – Artistas, ya sabemos cómo son...

Manuel – Sí... El cóctel de recepción... El restaurante... Incluso el vestido de novia... Debo decirte que todo eso no fue barato...

Luis – Por supuesto...

Manuel – Y como la boda nunca se llevó a cabo, estaba pensando que... tal vez podría recuperar el cheque de mi depósito.

Luis – Ya entiendo…

Manuel – ¿No sabrías qué hizo con ese dinero, por casualidad?

Luis – Francamente, no tengo ni idea… Pero claro, si...

Manuel – Quince mil euros sigue siendo mucho.

Luis – Sí…

Manuel – Casi el precio de un coche nuevo… Y como tengo que cambiar el mío pronto…

Luis – Veré lo que puedo hacer, te lo prometo…

Manuel – Por favor, sí… Después de todo, ahora eres tú quien heredará lo de tu hermano.

Luis – Si queda algo por heredar, en todo caso…

Paloma y Valentina regresan.

Paloma – Sólo quería su chupete… Deben ser sus dientes. *(A su hija)* ¿No has adelgazado un poco, verdad?

Valentina – No lo sé...

Paloma – De todos modos, se te ve bien. La maternidad te favorece. ¿Verdad, Luigi? ¿No crees que está resplandeciente, mi hija?

Luis – Sí, absolutamente…

Paloma – La vida sigue, ¿no? No dejes que la adversidad te deprima.

Manuel – Es como el caballo. Después de caer, tienes que volver a subirte al animal inmediatamente, de lo contrario...

Paloma – ¿Estás casado, Luigi?

Luis – Eh… no. No que yo sepa. No, quiero decir... todavía no.

Manuel – Y ese Luis, entre nosotros, ya podemos decir, ahora que se fue, que no era realmente un hombre para ti.

Paloma – Vamos, Manuel… Un poco de respeto por los muertos.

Manuel – Sabes, en mi trabajo, ves todo tipo de personas… Terminas desarrollando un sexto sentido. Y él… Siempre pensé que terminaría en la cárcel…

Luigi se tira de la manga para ocultar su supuesto brazalete electrónico.

Paloma – Pero murió como un héroe…

Manuel – Es bueno morir como un héroe, pero es aún mejor vivir como un hombre honesto. ¡La verdad es que preñó a mi hija y se fue justo antes de la boda!

Paloma – Pero… ¡Si murió!

Manuel – Sí, claro, muy sencillo, ¿no crees…? Tú, en cambio, me pareces un chico serio, Luigi. Y un hombre de palabra...

Luis – Gracias...

Manuel – ¿Por qué no te casas con Valentina? ¡Eres el yerno perfecto!

Paloma – Manuel, por favor… Un poco de delicadeza… Aunque es cierto que Luigi es un hombre muy guapo… ¿No es así, Valentina?

Valentina – Que me case con el hermano gemelo del padre de… Eso sería un poco extraño, ¿no?

Paloma – Por otro lado, ya que son gemelos, no notarías la diferencia.

Manuel – Son iguales…

Valentina – No, francamente, Luigi no es mi tipo de hombre en absoluto.

Luis – Me ofende…

Valentina – Lo siento, pero… he pasado por muchas cosas últimamente. No creo que esté lista para...

Manuel – En ese caso, este joven podría complacer a tu hermana… ¿Qué dices a eso, Paloma?

Paloma – Pero Manuel, ¡no me corresponde a mí decir nada! Pareces un vendedor de camellos tratando de deshacerse de parte de su rebaño...

Manuel – ¡Aún puedes mostrarle la foto de la hermana de Valentina, para que pueda conocer un poco a la familia de su sobrino!

Saca una foto de su bolso y se la muestra a Luigi.

Paloma – Siempre tengo una foto de mis hijas conmigo… Mira, aquí está en traje de baño en la playa de Marbella. Aquí es donde pasamos nuestras vacaciones en el Camping La Pineda...

Valentina – Mamá…

Luis – Ah, sí, es verdad que el monoquini le sienta muy bien.

Paloma – ¿Sabes que ella era Miss Camping?

Luis – Eso no me sorprende en absoluto…

Manuel – ¿Quizás podríamos llamarla, para que venga a tomar el té con nosotros?

Paloma – Así conocería a Luigi…

Manuel – Y como la boda ya está pagada…

Valentina – ¿Qué boda?

Luis – Ya te explicaré…

Manuel – ¿Eh? ¿Qué dices, Luigi? ¿Puedo llamarte Luigi?

Luis – Por supuesto.

Manuel – Después de todo, ya eres parte de la familia, ¿no? ¿Entonces ?

Luis – Es verdad que es muy bonita…

Valentina – Sí, bueno, está bien, eh… Lo que pasa es que no estoy seguro de que hoy en día, ella sería reelegida Miss Camping en la primera votación. Y tampoco que lo sería en un sorteo amañado. Esta foto es de hace diez años, y ha ganado al menos un kilo al año desde...

Paloma – Estás exagerando…

Manuel – ¿No te estarás poniendo algo celosa? Pensé que Luigi no era tu tipo de hombre en absoluto...

Valentina – Bueno, en cualquier caso, me parece un poco prematuro organizar una gran reunión familiar. La situación ya es bastante complicada, ¿verdad? Os recuerdo que Luigi acaba de enterarse de que su hermano ha muerto...

Paloma – Tienes razón, querida…

Volvemos a escuchar el llanto del bebé.

Paloma – Yo me encargo… *(Con una insinuación)* ¿Me acompañas, Manuel?

Manuel – ¿Para qué?

Paloma – Estos dos jóvenes deben tener mucho que decirse…

Paloma y Manuel salen de la habitación.

Manuel – Y no hagáis tonterías, ¿eh?

Tan pronto como se van, Valentina se vuelve hacia Luis con una mirada exasperada.

Valentina – ¿Entonces ahora también quieres follarte a mi hermana?

Luis – Solo dije eso para ver cómo reaccionarías. Es contigo con quien quiero pasar el resto de mi vida, Valentina. Y ahora que tenemos un hijo...

Valentina – ¿Tenemos?

Luis – Es mi hijo, ¿no?

Valentina – Es un poco tarde para preocuparse por eso, ¿no crees?

Luis – Está bien, me equivoqué. Pero ahora estoy aquí. Tengo un trabajo real y...

Valentina – Nunca volveré a confiar en ti, Luis, así que tan pronto como mis padres se hayan ido, sal de aquí y no vuelvas nunca más, ¿de acuerdo?

Luis – No puedo vivir sin ti, Valentina. Prefiero la muerte.

Valentina – ¡Pues adelante!

Luis – No me tomas en serio, ¿verdad?

Valentina – Admite que hasta ahora, no me has dado muchas razones para confiar en tu palabra.

Luis se dirige a la puerta.

Luis – Muy bien, no volverás a saber de mí... Excepto en la sección miscelánea, tal vez. Como Luis se ahogó, me voy a tirar al rio. Así ya no tendrás que mentirles a tus padres... Adiós Valentina...

Valentina lo agarra bruscamente por la muñeca para evitar que se vaya.

Valentina – No, espera...

Luis – Sería mejor para todos si yo estuviera realmente muerto, Valentina, te lo aseguro...

Valentina – Quédate... Por favor...

Luis intenta irse a pesar de todo y en el proceso, el supuesto brazalete electrónico queda en la mano de Valentina. Valentina, asombrada, examina el objeto.

Valentina- ¿Qué es esto? ¡No, era una broma!

Luis – Te lo explicaré…

Valentina recoge el objeto y lo examina.

Valentina – ¿Esto es una pulsera electrónica? ¿No será más bien un candado de bicicleta?

Luis – Lo que es cierto es que te amo, Valentina. ¡Mira, el código de bloqueo, es tu fecha de nacimiento!

Valentina – Entonces nunca fuiste a prisión, ¿verdad?

Luis – Me fui de gira con el grupo, pero tuve una pelea con el cantante.

Valentina – ¿Marco?

Luis – ¿Lo conoces?

Valentina – Sí… Fuiste tú quien me lo presentó, ¿no?

Luis – Y más tarde me di cuenta de que te echaba de menos, sobre todo. Y que era hora de renunciar a mis sueños de adolescente para construir algo sólido contigo.

Valentina – Estoy encantada de saber que casarme contigo significa el final de todos tus sueños de adolescente… Un verdadero cuento de hadas…

Luis – ¡Escucha, entiéndeme también! Solo soy un hombre, después de todo... La perspectiva de este matrimonio... Me asustó. Entré en pánico y elegí volar. Lo sé, no es muy glorioso, y te hice mucho daño. Pero he madurado, te lo aseguro.

Valentina – Sí... Dicen que irse es morirse un poco... Para mí, estás muerto del todo.

Luis – Sigo pensando que no te merezco, Valentina, pero ahora que tenemos un hijo juntos… Es una señal, ¿no?

Valentina – ¿Llamas a eso una señal?

Luis – Dame una segunda oportunidad, Valentina… ¡Este niño tiene que tener un padre, después de todo!

Valentina – Por el momento te recuerdo que para mis padres, este niño se supone que es huérfano…

Luis – Tienes razón... Me había olvidado esto…

Valentina – Incluso si falleciste como un héroe, mi padre te considera un traidor, así que si regresas como un desertor… Siempre y cuando él tenga su arma de servicio con él…

Luis queda apesadumbrado.

Luis – Quizás podamos evitar decirles que les mentimos…

Valentina – ¿Ah, sí? ¿Y cómo hacemos eso?

Luis – Como a tus padres les gusta tanto, ¡todo lo que tienes que hacer es casarte con Luigi! ¡Es el yerno perfecto!

Valentina – ¿No crees que el disfraz de yerno ideal es demasiado grande para ti? A largo plazo, en cualquier caso… Sobre todo porque obviamente, me imagino que tampoco trabajas como ejecutivo en la industria alimentaria.

Luis – Digamos que es una forma de adornarlo...

Valentina – ¿Adornarlo?

Luis – Reparto pizzas. Pero es temporal...

Valentina – Por supuesto... ¿Entonces qué propones?

Él piensa.

Luis – ¡Tengo una idea!

Valentina – No sé si eso debería tranquilizarme...

Manuel y Paloma regresan, interrumpiéndolos.

Paloma – ¡Es asombroso cómo se parecen!

Manuel – ¿Tú crees…?

Paloma – No serás tú el padre ¿verdad?

Luis finge contestar su teléfono celular.

Luis – Disculpe, tengo una llamada… Buon giorno. Sí. Pronto. Mamma mia... Disculpe, una llamada telefónica importante.

Sale al rellano.

Manuel – Espero que no sea un nuevo drama en la familia, al menos…

Llanto de bebé.

Paloma – Creo que es la hora del biberón…

Valentina – Voy...

Sale Valentina.

Manuel – ¿Te crees esta historia de gemelos?

Paloma – ¿Tú no?

Manuel – No, pero como nos estamos divirtiendo…

Paloma – ¿Entonces por qué no dijiste nada?

Manuel – Vamos a dejar que se hundan un poco más, para ver hasta dónde pueden llegar antes de tocar fondo...

Paloma – De todos modos, este niño no puede ser de Luis. Nació diez meses después de su desaparición.

Manuel – Ah, ¿sí?

Paloma – Y además este bebé está claro que se parece más al cantante de la banda que al batería, ¿no?

Manuel – ¿Marco?

Paloma – Tienes razón, en una banda de rock, el macho dominante es el cantante…

Manuel – Por otro lado, si este imbécil puede asumir el papel de padre…

Paloma – No es el yerno ideal, pero es el único que tenemos a mano.

Manuel – Y no estamos seguros de que esta calabaza encuentre otro tan pronto para colocarle el brazalete electrónico en el tobillo.

Paloma – ¿Disculpa?

Manuel – Para ponerle el anillo en el dedo, quería decir…

Luis regresa, mostrando una mirada divertida.

Manuel – ¿Estás bien, Luigi? Parece que acabas de ver un fantasma...

Luis – Casi, casi…

Manuel – ¿Una broma…?

L u i s – Acabo de recibir una llamada telefónica increíble.

Paloma – ¿De…?

Luis – ¡De mi hermano, Luis!

Manuel – ¿Luis?

Paloma – ¡No! ¡Pero si está muerto!

Manuel – ¿No me digas que ahora hay una red hasta en el más allá?

Luis – ¡Imaginad que Luis no está muerto!

Manuel – ¿No?

Paloma – ¿Pero cómo es eso posible?

Manuel – Es cierto que nunca encontramos su cuerpo…

Paloma – Pero, ¿dónde está?

Luis – Abajo, en el café. Él espera para subir las escaleras hasta que le de la noticia a Valentina con delicadeza. ¿Te imaginas el impacto que esto le causaría?

Manuel – Ah, sí, eso es seguro… Le chocará…

Valentina regresa del dormitorio.

Valentina – Bueno, me lo estoy perdiendo, ¿qué está pasando?

Luis – Será mejor que te sientes, Valentina…

Valentina – Estoy muy bien de pie… ¿Qué tienes que decirme que sea tan importante?

Paloma – Tendrás que ser valiente, querida.

Luis – Luis está vivo…

Valentina – No… Quieres decir que no está muerto.

Luis – Sí, eso es exactamente.

Valentina – Oh, Dios mío, pero es horrible… Quiero decir, es maravilloso… ¿Estás seguro?

Luis – Acabo de hablar con él por teléfono…

Valentina – Siento que me voy a desmayar…

Ella finge desmayarse, pero Luis la recupera en sus brazos. Sus labios se rozan entre sí.

Valentina *(recomponiéndose)* – No, Luigi, ya no es posible entre nosotros…

Luis – Tienes razón…

Manuel – Parece sacado de una telenovela, ¿no es cierto?

Valentina – ¿Pero cómo es eso posible?

Paloma – Sí, eso es lo que yo también me pregunté…

Luis – Él mismo te lo explicará todo. Está esperando abajo a que le haga señas para que suba.

Manuel – ¿Quieres que lo llame? ¿Cuál es su número?

Luis – Lo atraparé, será mejor…

Luis se va.

Valentina – Es increíble, ¿no?

Manuel – Ah, sí, increíble… Creo que esa es la palabra del día…

Valentina – No puedo esperar para descubrir cómo pudo haber sucedido tal cosa...

Manuel – ¿Estás seguro de que estás bien?

Valentina – No sé… Espero que no haya cambiado mucho…

Manuel – Sí… Si estuvo un año en el agua…

Paloma – Ah, porque piensas que…

Manuel – No sé… estoy tratando de imaginar…

Paloma – Tiene que haber una explicación…

Manuel – Y te confieso que tengo bastante curiosidad por conocerla…

Luigi regresa como Luis, con jeans, una chaqueta de cuero y un bigote postizo.

Luis – Hola Valentina…

Valentina – ¿Eres realmente tú, Luis?

Luis – Soy yo, te lo aseguro…

Paloma – ¿No era barba lo que tenías antes?

Valentina cae en los brazos de Luis.

Valentina *(aparte)* – ¿No estás exagerando un poco?

Luis – Hay una tienda de disfraces abajo, pensé que sería más realista…

Valentina – Es una locura lo mucho que has cambiado...

Manuel – Sí, y no para bien…

Paloma – Es verdad que le quedaba mejor la barba. *(Los padres están horrorizados.)* Pero, ¿dónde está Luigi?

Luis – Prefirió escabullirse… Entendí a medias que se había enamorado de vuestra hija, y que estaba a punto de pedirle matrimonio.

Paloma – Es terrible…

Manuel – La felicidad de algunos…

Luis – Tiene el corazón roto. Pero claro, decidió hacerse a un lado frente a su hermano.

Valentina – Es posible que nunca lo volvamos a ver...

Manuel – Qué pena…

Paloma – Es una tragedia…

Manuel – Un verdadero melodrama, en cualquier caso.

Paloma – Deberías escribir una obra de teatro, estoy segura de que podría tener éxito...

Manuel – Pero todavía no nos has dicho cómo un hombre declarado ahogado puede reaparecer con vida doce meses después.

Luis – Reconozco que es muy sorprendente...

Manuel – En el punto en el que estamos, ya sabes, no creo que nada nos pueda sorprender más...

L u i s – Me recogieron inconsciente en la desembocadura del Guadalquivir, en Cadix.

Paloma – Pensé que el Guadalquivir tenía su desembocadura en San Lúcar de Barrameda.

Manuel – Eso es probablemente lo que hace que esta historia sea aún más sorprendente...

Luis – De todos modos, tenía amnesia total. Fui acogido por las monjas de un convento. Acabo de recuperar mi memoria... Por supuesto, inmediatamente corrí hacia aquí.

Manuel – ¡Bien, bien, bien está lo que bien acaba entonces!

Paloma – ¡Por fin podrás casarte!

Manuel – Y sí, todo terminará en una boda, como en los cuentos de hadas. Y como la boda ya es prepaga... Tranquilízame, Luis, has perdido la memoria, pero ¿no has perdido el dinero que te di para casarte con mi hija?

Luis – Sí, bueno...

Valentina – ¿Qué es esta historia?

Luis – Te lo explicaré, cariño…

Manuel – Mientras le pongas el anillo en el dedo, todo está bien. *(Aparte)* De lo contrario, soy yo quien podría poner las pulseras en tus muñecas...

Paloma – De todos modos, será curioso ver a los dos gemelos en la boda.

Luis – Dada la situación, no sé si Luigi querrá asistir a la ceremonia...

Valentina – Bueno, ahora entenderéis que necesitamos estar juntos un poco…

Paloma – Por supuesto, mi amor… Vamos, vamos, Manuel…

Manuel – Hasta pronto… Luis.

Los padres se van.

Valentina – Así que ahí, felicidades...

Luis – ¿Crees que se lo creyeron?

Valentina – Cuando estás lidiando con un mentiroso profesional, ya sabes… Pero dime, ¿qué es ese dinero que mi padre te habría adelantado para pagar nuestra boda?

Luis – Sí, bueno…

Valentina – ¿No me digas que con ese dinero te fuiste de gira con Les Rebeldes?

Luis – Estoy dispuesto a devolverlo, Valentina. Incluso si para eso tengo que trabajar a tiempo completo por el resto de mi vida...

Valentina – Eso es lo que la mayoría de la gente hace para criar una familia, ya sabes. *(El bebé está llorando)* En cualquier caso, no pagas nada por esperar...

Valentina sale y vuelve con una cesta.

Luis *(emocionado)* – ¿Cómo se llama, por cierto? No me dijiste...

Valentina – Este es Orfeo.

Otro bebé está llorando y ella busca otro moisés.

Valentina – Y esa Eurídice... Son gemelos. Una cosa de familia, seguramente... debe ser genético...

Luis – Orfeo y Eurídice... Demonios... Bueno, quiero decir... Pero es maravilloso.

Valentina – Sí, ya verás... Cuando los dos empiezan a llorar al mismo tiempo, tienes la impresión de tener el estéreo.

Se inclina preocupado sobre las dos cestas.

Luis – Y... ¿estás seguro de que ambos son míos?

Valentina – Quien sabe...

Luis – Es curioso, este me recuerda vagamente a alguien...

Bebés llorando a dos voces. Valentina intenta calmarlos. El timbre suena.

Valentina – ¿Puedes ir a abrir? Estoy un poco ocupada, ya ves... Aún deben ser mis padres... Deben haber olvidado algo.

Luis – Voy.

Desaparece por un segundo para abrir la puerta antes de reaparecer con una gran sonrisa.

Luis – Te vas a reír... ¡Es Marco!

Valentina se queda con una mirada perpleja.

Valentina – ¿Marco?

Música rock (posiblemente Smoke on the Water de Deep Purple*).*

Negro.

Fin

Este texto está protegido por las leyes
relativas al derecho de propiedad intelectual.
Toda copia es susceptible de una condena,
hasta de 300 000 euros y 3 años de prisión.

Marzo 2023